啟程

——戴錦綢詩集

含 笑 詩 叢

「含笑詩叢」總序／含笑含義

叢書策劃／李魁賢

　　含笑最美，起自內心的喜悅，形之於外，具有動人的感染力。蒙娜麗莎之美、之吸引人，在於含笑默默，蘊藉深情。

　　含笑最容易聯想到含笑花，幼時常住淡水鄉下，庭院有一欉含笑花，每天清晨花開，藏在葉間，不顯露，徐風吹來，幽香四播。祖母在打掃庭院時，會摘一兩朵，插在髮髻，整日香伴。

　　及長，偶讀禪宗著名公案，迦葉尊者拈花含笑，隱示彼此間心領神會，思意相通，啟人深思體會，何需言詮。

　　詩，不外如此這般！詩之美，在於矜持、含蓄，而不喜形於色。歡喜藏在內心，以靈氣散發，輻射透入讀者心裡，達成感性傳遞。

　　詩，也像含笑花，常隱藏在葉下，清晨播送香氣，引人探尋，芬芳何處。然而花含笑自在，不在乎誰在探尋，目的何在，真心假意，各隨自然，自適自如，無故意，無顧忌。

　　詩，亦深涵禪意，端在頓悟，不需說三道四，言在意中，意在象中，象在若隱若現的含笑之中。

　　含笑詩叢為台灣女詩人作品集匯，各具特色，而共通點在於其人其詩，含笑不喧，深情有意，款款動人。

　　【含笑詩叢】策畫與命名的含義區區在此，幸而能獲得女詩人呼應，特此含笑致意、致謝！同時感謝秀威識貨相挺，讓含笑花詩香四溢！

自序

　　在生命的旅程中我們會有無數次的啟程，也許是很短時間的旅程，也許是很長時間的旅程，但如果是一段永遠不會回頭的旅程，當面臨啟程的時刻，我們會以什麼樣的心情去面對？是悲傷嗎？是平靜嗎？是憤怒嗎？是喜悅嗎？

　　身為一個女性又在醫院工作了近四十年，多少次面臨與死神戰鬥的時刻，有時贏了；有時輸了，也許是萍水相逢的人，也許是自己的家人朋友，不是只有家人朋友才會讓人傷痛心碎，一個湊巧遇到的生命喪失，一樣讓人悲痛和感同身受，年輕時當面臨此情此景總久久難以釋懷，隨著年紀增長卻學習以不同的觀點去面對。生的喜悅；病的憂苦；死的恐懼，在醫院中每天在上演著，有平靜面對疾病和死亡的人和家屬，也有一直沈浸在疾病深淵的人，也有恐懼悲傷面對死亡的人；當然也有坦然面對死亡的人，做為一個醫護人員，雖然能夠同理患者的心情和態度，但更希望的是他們能以積極的態度去面對疾病，能以平靜的心情去面對死亡。

　　在醫院中；有以史懷哲為榜樣的醫師，也有不想當醫師而當醫師的人，更有以名和利為目標的醫師，有愛心和負責任的護理人員，也有每天麻木完成工作的護理人員，在現在醫病關

　　係越來越緊張的時候，作為一個醫護人員，不能說自己有多偉大，但總希望透過一些不同的方式，給生病的人一些些的鼓勵，給面對死亡的人一些些的安慰，讓他們知道在面對疾病和死亡時可以有一些些的希望和慰藉。

　　在生命的旅程中，我們會面對生離死別，我們會面對悲歡離合，我們會面對每段小旅程的喜悅和感動，我們會因為每個小旅程中所遇的哀與苦感到挫折，用什麼態度去面對，得到的結果都不同。

　　在這本詩集裡，主要有對疾病的描述和面對疾病的態度，有對患者家屬在面對家人疾病和照顧時的困境和無奈的心聲，有對老化和死亡的恐懼和無奈；期許以更積極正面的態度去面對，也有親情、友情、愛情、故鄉情、對所處環境的感情，也有在異地旅遊時的所見所聞，不同的啟程有不同的感受。

目　次

序篇

啟程

今夜
決定啟程
帶著你深情的吻

我緊閉的雙眼
看見你少女般的容顏
珠潤的雙唇
有我的道別

走入一段未知的旅程
我已不再徬徨
因為
你的鼓勵和愛
伴著我走
你說
放開手

放下心
啟程吧

陽光雖然不再照耀我身
溫暖卻在你心
啟程走向那深深的夜空
我卻如此平靜
再會
我的愛人
我們將會在未來相見
我會靜靜的等候你的到來
再一次守護著你

于2016.12.13

註：如何放手走向人生的另一階段也是一種藝術和美麗

生命旅程篇

送行

今朝　你將遠遊
陽光仍炙熱
謝絕
奠儀和孝女白琴
只留
一顆虔誠的心
幾朵你的最愛
小雛菊
粉黃中有你的依戀

樂聲中有一種傷感擴散
你殷殷囑咐
以歡喜之心送別
我的淚水卻無法停止
懸空的鼻涕在風中晃動

抬頭望見你微笑的臉孔
彷彿在說再見

在每片天空中
你影子的存在
風中傳來你的叮嚀
我心漸安
因為
你已休息

今朝　你將遠遊
夫妻不相送
這是習俗卻無法阻隔我心
目送
已上車的你
心猶伴我身旁
在每個時刻
請你靜靜等候
滿心歡喜我的到來

于2016.12.26

為何天黑得早

啊！天黑了嗎？

為甚麼我慢慢看不到？

啊！空氣稀薄了嗎？

為甚麼我慢慢吸不到？

啊！你遠離了嗎？

為甚麼我慢慢摸不到？

拿走！

誰來拿走這些障礙？

誰來拿走這些牽掛？

在我即將遠行的時刻

請不要用你的哭泣送行

我想靜靜地躺下

墜入深深的睡夢中

夢中有我快樂的童年往事

夢中有我美麗的愛情

夢中有我摯愛的親情

夢中有我堅固的友情

我不想再醒來
請讓我帶走這些美好
啊！天黑了嗎？

于2019.1.31

別在我背後唸經

一聲木魚一聲鐘

金剛經或心經

唸誦千遍

迴向

期求幸福天堂

但

這孤寂沈靜的身軀

怎麼沒有一絲笑容

是否

需再唸誦千遍

師父啊！

我有萬貫財產

是否

可在我面前唸經

無論金剛經或心經

唸過千遍又千遍

我只願此刻的幸福

于2019.12.25

如果

如果看不到
曙光照入我床
如果聽不到
窗邊鳥兒的歌聲
如果聞不到
那朵玫瑰的芬芳
如果感覺不到
愛人溫暖的擁抱
如果嚐不到
唇上那深情的吻
我將如何面對？

如果還有明天
我是否勇敢說愛你？
如果還有明天
我是否熱情回應你的愛戀？
如果還有明天
我是否能不再虛偽的矜持？

如果還有明天

我是否能瀟灑面對人生？

如果

我還有很多的明天

我是否依舊蹉跎？

如果

我不再有明天

今天的我將要如何度過？

于2016.10.27

註：最近身邊許多親友面臨癌症的侵襲，在接受辛苦的治療過程中，
　　是否能完全痊癒是個未定數，生命在不可預知中倒數，令人感傷
　　卻不得不說再見。

彼岸花

那日彼岸花開得艷麗
開得無心無肺
全不管傷心人的淚珠
一滴滴化做晨露
在朝陽下閃耀

倚臥窗台內
即將遠行的你
能否再一次睜開眼
看看那朝陽下的艷麗

你清冷蒼白的唇
有我的依依不捨
臉上的顏色逐漸淡去
雙手抓住了虛無

到了彼岸
是否還記得

　　那留在彼岸花旁的孤魂
　　仍癡癡地等待入夢的你

　　　　　　　　　　　　　于2019.10.15

請乾一杯孟婆湯

乎乾啦！（台語）
請乾一杯孟婆湯
前世忘卻
恩怨情仇
來世期待
恩愛相隨

請問孟婆婆
不到奈何橋
可否喝下一杯
忘卻辛酸苦澀
記憶甜蜜愛戀

奈何飲下一杯孟婆湯
記憶的濃度越來越濃
濃到化不開
糾結更糾結
辛酸更辛酸

甜蜜的回憶
不再回應呼喚

孟婆啊！孟婆
請你再細心調製你的湯頭
我不想再有記憶
讓我再喝一杯
乎乾啦！

于2017.03.10

距離

今晨
生命自指間流逝
曾努力挽留
它卻一去不復返

生命問靈魂
我們之間的距離有多遠
靈魂說
我們相偎相依

生命問死亡
我們之間的距離有多遠
死亡說
非常遙遠

如果是相偎相依
為何總是孤單

如果是非常遙遠

為何只是一線之間

于2017.02.16一個經急救仍走掉的生命之早晨

愛你

一直認為愛你
是這麼理所當然

一直認為被愛
是必然的結果

一直認為守候你
是我一輩子的職責
卻永遠無法擁你入懷

一直認為只要愛你
你就會一直愛我
卻需要千山萬水尋覓

走過千溪之原
越過雪山之巔
蹣跚荒蕪之漠
踏上荊棘之路

總是尋覓
天涯人仍在天涯

是否可以答應
我終會尋到你
我一樣可以再一次
愛你

于2017.06.19

等待

在蒼茫中
被蒙蔽的雙眼
在看不盡的盡頭
未知的狂獸似呼嘯掙扎欲出
控制不了

長夜如此深如此長
黎明似乎不願到來
等待是唯一的選擇
等待宣判
等待死亡
等待希望

于2021.04.13

等待春風

細雨輕輕吻上

花朵上那抹嬌艷

心顫抖著

信息傳達

在靜謐的夜空

月光灑落

有一種神秘在醞釀

窺視不得

是誰悄悄漫步

是誰偷偷仰望

那個小蝴蝶娃娃

遙望天空

靜靜等待

當春風來臨

羽化成蝶

完成一生美好

于2021.03.10

輕輕卿卿

午夜輕輕的開門聲
你輕輕的腳步聲
我唇上卿卿的吻
輕輕的愛情在心中擴散

你輕輕地為我披上圍巾
一圈一圈鬆鬆地
你輕輕地為我套上五趾襪
一隻一隻拉緊
我以眼神回應你卿卿的濃情

我輕輕的身軀
卿卿地依偎著你
我們如此卿卿
生命卻如此輕輕

不再的卿卿
你要輕輕遺忘
放手讓它隨風

于2016.11.28

附註：再恩愛的夫妻總有一方會先遠遊，留下來的人要學習放開

尋覓

茫茫的人海中尋找妳的背影
逐漸模糊的記憶已無法成形
倖然佇立街頭
眼神如此空白
如果有一種希望
也許比較不會心痛
在每天讀妳的日子
不知珍惜的滋味
在無法讀妳的日子
珍惜的滋味如此難得
竟然只能在夢中尋覓
夢中可以尋到嗎？

于2021.05.09母親節

曾經

剪下一段曾經的歷史

細細品嘗

慢慢回味

酸甜苦辣

後悔在時間的腳步聲淡淡

也有過的驕傲

在冥冥中

甦醒

曾經只是一段過去的歷史

美麗與哀愁

現在仍然清晰

未來卻無法必然

在困惑中有些明白

在明白中有些困惑

抹不去的痕跡

仍深深刻畫

在那個深藏的角落

等待時機
再一次驚濤駭浪

于2017.03.06

遇見生命中的一點光

走過沼澤之地
就不再泥濘嗎？
撥開荊棘之叢
前方是綠草之原嗎？
越過荒漠
前方是綠洲嗎？

希望一路順暢
難關總重重
越過一關
豈料仍有一關
心欲靜總難平

生命在重重中
逐漸烏暗
心在烏暗中
逐漸困頓

笑容在困頓中
逐漸消失

是否妥協就能找到？
或者堅強
前方是否會有？
也許
妥協和堅強
總會遇見那生命中的一點光

于2017.08.29

註：近日自己和朋友身體不斷出現故障，心有所感

春天的呼喚

春天的陽光

暖和我的身體

喚醒我這顆沈寂的心

決定出走

在春意盎然的清晨

空氣中有一股誘惑在瀰漫

回應春天

我來了

我漫步走入春天

我腳踏出一個一個春天

我仰頭吸取春陽的氣息

如紅毯上的大明星

帶著一身光芒

回應春天的呼喚

于2019.03.08

太空旅行

通過層層關卡

先檢查裝備口罩

再量測體溫

輔以酒精消毒

通過防疫走廊

繳交健保卡

有沒有旅遊史

蓋上榮譽標章

隔壁那個小男孩說

我要蓋兩手（榮譽雙倍）

終於進入太空艙

見到了全付武裝的太空人

他說帶你去旅行

旅行在病毒充斥的地球

我會安全帶回你

不再受恐懼威脅

再次踏出太空船

見到太陽明媚

百花齊開
春天已來了

于2020.03.25

註：新冠病毒掀起世界大戰，各醫院如臨大敵

國王的口罩

陽光喚醒清晨的容顏
露珠仍留晶瑩
生命力以雷霆之勢
毫不遮掩地灌注

當病毒揮動隱形翅膀
狂妄地試圖侵犯人體
低微人類的武器
三層不織布口罩

背著太陽的人無奈
在滾滾紅塵打拼
陽光逐漸烙印
只遺留一小片淨土
他們說那是
國王的口罩

三層不織布　不愛

國王的口罩　　不愛

吸一口自由清新　最愛

明日有一種期許在醞釀

于2021.07.18

追求

一年半前初識
你總是向我示好
我以強烈的態度拒絕
在你積極的追求中
我與你保持若即若離
以為我們將成陌生
你竟已躍過雷池
我慌亂
我害怕
夜不成眠
日不思食
躲避不是唯一的拒絕
終將拿起矛與盾
最後的勝利是我
婉拒你的追求

我將以決絕的手段
向你告別

于2021.05.31

註：台灣防堵一年半的covid-19突破守禦，破口而入

瞬間

有一瞬間以為逃脫
在一個幽靜隱密的空間
沒有全副武裝躲閃在街頭
害怕迎面而來的每個人
認識的不認識的
請保證疏離之間距

有一瞬間以為已逃脫
探出小心翼翼的觸鬚
恐懼的眼眸滾動
那看不見的敵人強勢變態
我只是如此脆弱地防守
拿出的武器只能防守
敵人步步進逼
再一次退回幽閉的空間
忽然忘記曾與人互動過
窗外一片死寂
只有仍在猖狂挑釁的那隻病毒

陽光探頭闖入
有一瞬間我以為
我已戰勝

于2021.05.28

註：在守城一年半後，臺灣終於失守，covid-19強勢入攻，希望趕快
　　打敗它

幻

太陽穴在跳舞

心臟在跳舞

神智在跳舞

墜入無邊無際的黑暗

沒有出口

沒有入口

沒有盡頭

沒有開始

沒有人類形體

也許根本沒有形體

在五度空間徘徊

星星月亮太陽消失

銀河系的光點不在

慌亂

極度恐懼

失重的軀體

逐漸消融在

無邊無際的宇宙黑洞

于2020.08.23

迷路

總是找不到頭上的老花眼鏡

腦海中記憶的字逐漸消融

書桌那封尚未完成的信

始終想不起來要寄出的對象

疑問著

為何靈魂逐漸被禁錮

生命的意義

只是追尋隨心所意

當周圍的人事物

變成全部陌生

這個世界只有一塊

他是某某人請電

茫然望向遠方

他終於迷失在回家的路

人生的方向也迷失在

他的生命中

于2020.09.21

你不認識我

在認識六十年五個月又七天後
你問我姓名
在我回答三萬六千五百次後
你不認識我

記憶回到從前
猶在媽媽的懷抱
青梅竹馬的愛情
在心中泛起漣漪
年老的肉體囚禁著
年輕的靈魂
那條懷念的民歌
唱不停

卻不知面前的老伴
每天問　妳是誰
在每天回答百次後
你不認識我

今天清晨陽光灑落
曾經的相濡以沫
曾經的纏綿繾綣
就如沙漠中的海市蜃樓
只留下你陌生的眼神

于2021.02.22

別哭！我的女孩

夜色濃
車影飄渺
我的女孩妳在那兒

妳說
天亮了才會離開
為何已無妳影縱

黎明前的夜深暗
總可期待曙光
滂沱大雨後
總有美麗夕陽
月缺時
總有眾星相伴

別哭！ 我的女孩
走過幽谷後

光明總會隨之

妳的身側總有我

于2020.12.31

媽媽的眼淚

二十年的光陰
等不到一句媽媽
頭髮白了
皺紋深了
背駝了
每個分分秒秒
媽媽的眼淚留在堅強的心中

放棄吧！
妳累了
他也累了
放手卻是如此困難
只是想多一次一起看朝陽
只是想多一次一起看潮落

媽媽！
叫不出的聲音

在心中吶喊
一遍又一遍

媽媽的眼淚終於滴下
臉龐掛著的是無奈
嘴角是溫柔的微笑
她只是個媽媽

于2021.01.23

有一天

有一天當我醒來
全世界一片靜謐
周遭全無人影
車聲輾轉不再
竟然蟲鳴亦無

為何留下我一人？
整個空間不斷回應
為何留下我一人？
我擁有全世界
全世界卻不要我

悽然淚出
淚卻滴不下
原來
地心引力消失了
風止了
雲也不飄了

雨不下了
河水不流了
一片烏暗混沌形成

我留下的不是形體
只是一種意識
一種抓不住又不得不放開的意識
在這逐漸消融的星體中

于2020.09.17

未讀未回

你在嗎？

你想我嗎？

我好想你！

你讀一下訊息好嗎？

你回一下訊息好嗎？

一句話也可！

一個字也行！

不然

就一個貼圖吧！

笑臉可以

哭臉也行

不然

就一個生氣的臉吧！

你在嗎？

你想我嗎？

我好想你！

于2017.02.23記一個過世的朋友

追

提起腳步
晃動我粗壯的雙腿
氣喘吁吁
心與肺膨脹中
追趕不及
時間啊！
你的兩腿如此纖細
為何如此匆匆
你在我歡笑中溜走
你在我愁苦中溜走
你在我頻頻眷顧中
仍毫不留情地溜走
留下來陪伴我的
只有
稀疏又白花的髮絲
皺紋滿佈的臉龐
啊！
我竟然用一輩子

追不上
時間這可惡的

于2018.11.24

誰在我夢裡唱歌

夜深
漆黑的靜寂裡
有一種叫做莫名
在心中擴散
沉入夢海中
輕飄中不知所以
於是
追尋
追尋中的慌亂
在迷霧中徘迴
心已逐漸掏空

是誰
那種天籟之音
來自的方向
驅散迷霧的指引
慌亂的倚靠

逐漸踏實
心不在狂亂

翻身
睜眼
夢境成真
那一聲聲
清晰實在
又伴我進入夢鄉

于2016.11.17

鳳凰花的女兒

新竹風趕走基隆雨
台南的太陽溫暖
激出鳳凰花的艷麗
連火焰木都羞澀
化身鳳凰
展翅　啟程
冰冷的世界
不是她的故鄉
只是伊成長的所在

三十年的旅程
漫長
情感卻逐漸濃縮
這麼稠密
緊緊相連
劃破歲月那堵無形牆
在空間擴散

鳳凰花的女兒

回來了

在這溫暖的春天

鳳凰花含苞的時候

企盼再一次又再一次

鳳凰花雨的滋養

化做一股一股的勇氣

開啟新的旅程

　　　于2017.04.05給一群仍在辛苦工作的護理人員

窗台上的春天

在天濛濛亮的時機

用一杯咖啡的香味

誘惑一個青春的生命

不必溫存

只共一室溫暖的曙光

黃澄澄燦爛在他的臉上發光

青翠的生命

突然間長成

激情在我們之間穿梭

戀愛的滋味漸漸

將春天播散

滿室生光

于2016.12.16

絮語

午夜
雨神的腳步聲在雲上
斷斷續續
夢中
忽然有一種
朦朧在空虛中
絮語
在一夜無眠中迴盪
那無名的蟲鳴
共鳴在夜來香的氣味中
南風是否捎來訊息
在一夜無眠的等待裡
思念的情懷
逐漸鮮明
嘆息在清晨曙光下蛙鳴
不再

于2017.04.17

聽雨

一直未離開

在漆黑中徘徊

有一種浪漫的情愫

逐漸擴散

直到空間充滿

記憶美麗那段與情人共度的羅曼蒂克

不再往事

在心底那個角落

突然乍響

蛙鳴

破碎屋頂落下的驚醒

童年的真實

再一次擴散

雨不再浪漫

在唏噓中

于2017.04.25

草原傳說

在風的擁抱中奔馳
在星月的沐浴下靜凝
在綠草環繞下漫步
在一湖甘泉中滋養

日行千里只為了迎接
來自東方的曙光
在天濛濛亮中

攀越百尺山巔
只為了道別
那逐漸歸去的夕陽

北極星空下
仍是一顆明亮的星
閃爍在蒙古草原中

因為
她是蒙古草原上的
一種傳說

于2017.05.15

遇

當我漂洋過海而來
你乘著草原的風而至
在也隋王后的見證中
緣份開啟
以絢麗的詩詞
和熱情的友誼
唱和

在微風中的草原
在烏爾罕河的山坡上
在烏吉湖的水光中
在溫暖的蒙古包中
我以海洋之心
擁抱草原的美麗
你以草原之心
擁抱海洋的壯闊
詩與歌飄揚

天際地端
天荒地老

于2017.08.29

那年蒙古國的回憶

北風捎來的訊息
西伯利亞已春天
蒙古的馬兒召喚
春草綠了
羊群漫步
來自島國的迴響
在滿山遍野中

草原上那朵小黃花
在春雨中挺立
靜靜聆聽
彷彿天籟的聲音
詩人鏗鏘的音符
迷惑草原上每個駐足
馬兒停駐了
羊兒停駐了
花上那隻小彩蝶也停駐了
只有詩人的聲音仍在雲遊中

迴盪在草原上
迴盪在山谷裡
迴盪在風中
迴盪在雲層上

于2017.04.24

母親河

烏爾罕河啊！ 　　母親河
孕育河谷繁盛的生命
有您的滋養
草青馬肥
我生命逐漸茁壯

當您露出慈光
我沐浴其中
在晚霞裡逐漸豐富
當您顯現憤怒
我無法反抗
唯有順從

母親河啊！
雲彩的美不及您
微風的柔不及您
我靜靜躺臥在您身旁

微微睡去
夢裡盡是美麗！

于2017.07.13在蒙古烏爾和河旁山坡

草原浪歌

草兒青啊！流浪的人徘徊
馬兒壯啊！流浪的人思念
羊兒肥啊！流浪的人盼望
思念的人在遠方
白雲啊！
我的癡情有無傳達
千山萬水阻隔不能
我在草原流浪
我在草原呼喚
我在草原歌唱
走去遠方的愛人啊！
要記得草原上
仍在等待的那匹狼
再遠的路依然有妳的歸途

于2021.09.04

註：憶2017台蒙詩歌節的大草原

撒哈拉沙漠漫遊

上帝啊！

您是否忘了澆水了

它已乾枯很久了

那個蒙面的女郎

牽著駱駝

在夕陽餘暉中

風輕輕撫慰她

無法窺視的臉龐

是否有透視世界的眼

面紗裡有我想像的秘密

遠處那觸摸不及的海市蜃樓

激起我的渴望

思緒飄往遠方的故鄉

來自赤道一股風

掀起撒哈拉的熱情

烤焦漫遊的孤寂

在一片荒蕪中

于2019.03.08

尼羅河上的情思

她如母親孕育乾渴的大地
大地　吸取她豐沛的乳汁
逐漸茁壯
在幾千年中刻畫著
令人讚嘆的歷史
法老王的王冠
在她的滋潤下閃耀
眾神齊聚的神殿
太陽神　老鷹神　眼鏡蛇
總不孤獨
多少歲月仍震撼
旅人沐浴在她的光輝中
感動
思鄉情懷卻難忘
在尼羅河水中翻滾
今夜仍與尼羅河共眠
託月亮帶著我的思鄉情懷
告訴故鄉思念的人

我在尼羅河上
想她

于2019.01.25

紅海情思

波浪緩緩煽動

異鄉的滋味

酸甜酸甜

遠處傳來他鄉異調的樂聲

奏的不是我故鄉那首思想起

微風帶來細沙覆蓋

我風霜的臉龐

掩蓋我歲月的魚尾紋

我如少女一樣

在紅海海邊

走出我的青春浪漫

于2019.01.25

金色的城市

這個閃耀的城市
寫的不是我的故事
我只是個過客
在形色匆匆走過
今日陽光一樣燦爛
在歌劇院的台階上
撫慰著旅人的心靈
是否高歌
唱一首旅人的歌

于2019.07.10

巴黎偶遇

那天在巴黎的街頭

偶遇的剎那如光速

留下的只有思念

想你的時候你在天邊

想你的時候你在夢中

想你的時候你在心中

想你的時候

何時在眼中

想你的時候

如何擁抱懷中

是否還有一次巴黎偶遇的緣分

也許期待是一種幸福

在每個想你的時候

于2019.08.20

紅色誘惑

從一種簡單釀造
波爾多不想醉
在名為愛情的沈溺
苦澀誘人
紅色在空間瀰漫
漸入每個毛孔
不止誘惑
繾綣其中
紅色誘惑

于2019.06.28

藍色的悸動

蔚藍海浪漂動著

紙醉金迷

豪奢一次

只是指間輸贏

何妨

穿越異鄉的芬圍

追尋

心卻在故鄉留駐

由地中海漂往大西洋的海浪

是否會漂往我故鄉

太平洋的那端

于2019.07.02

紫色薰衣草的迷惘

馬賽港邊的海鷗

稍來遠方的訊息

亞維儂在殷殷盼望中

等待愛情

天地間那抹紫色

逐漸展開

哇　是你的悸動

在狹窄的空間

漫延到無邊無際

于2019.06.28

離

揮手遠離

故鄉的陽光和土地

沐浴在異鄉的陽光下

一樣的溫度

不一樣的感覺在蠢動

揮揮衣袍上異鄉的塵土

找不到熟悉的味道

只餘一種苦澀

在陌生的街道徘徊

找尋回轉故鄉的路

故鄉卻越來越遠

2020.05于2019.09.02

淡水的金魚

淡水河中一隻金色的魚

它金澄澄的優美身姿

在一條紅通通的橋下悠遊

尋找母親的影跡

游過關渡的紅樹林

馬偕對它微微笑

游過大稻埕

看到繁華和落寞

游過新店溪和基隆河

母親在何方

回頭再一次

游過新店溪和基隆河

再看一次繁華和落莫的大稻埕

再遇到關渡的紅樹林和馬偕

那條紅通通的橋仍在

遠遠觀音微微笑看著它

仍然找無母親的影跡

回頭看著一隻穿著金衣的吳郭魚

原來是母親

于2018.09.25

金色的堅持
——淡水夕照

甚麼樣的堅持
日復一日
為了她的光采
不忍輕易放開手

她每日的盼望
在那個天邊閃耀
眼神流向一定的方向
不願轉移

今日它又用金燦燦的顏色
彩繪她發光的面容
她再也不再沈默
呼喊著向著它
說出心內的至愛和堅持

于2019.09.23

觀音山殘月

在她胸懷中徜徉
詩人的腳步駐留
詩語在空間迴盪
逐漸福爾摩莎

中秋已成歷史
淡水河洗滌殘月影
伴著山影綽綽
在夜涼中

百年倉庫留住的
不止百年
詩的美麗留住
詩人的影跡留住

觀音雖只留住殘月
我一步一步

在淡水河畔
踩出一首一首詩

于2019.09.21

播種

不是春天才播種

我在秋天的淡水

播下一顆顆詩的種子

有許多詩人的陪伴和鼓勵

種在捷運的牆上

那結出的花朵

開在那匆忙的心上

種在殼牌文化園區

在靜靜等待

每一次的相遇

種在忠寮的桂林樹旁

與桂林一樣吐芬芳

種在富貴角的波浪裡

隨著浪花傳四處

種在野柳的堅石上

有如堅石穩萬年

一場驟雨催促

花開了

果結了
淡水結出累累詩的果實

于2019.10.05

淡水河邊絮語

漫步淡水河邊
海風帶來遠方訊息
輕輕的水流聲
絮絮叨叨著心情
她肆意飄揚的紅裙
撩撥著我心底那塊
耳邊傳來的月琴聲
訴說思念的故鄉
腳步慢慢心情沈澱
隨著夕陽的金光
留戀徘徊在淡水河邊
遠方觀音山的倒影清晰
一陣遊船的馬達聲
喊破這段不想沈歇的絮語
遊人的腳步再一次啟程

于2020.09.26

觀音睡了

燈光吻著淡水河

在波浪中陶醉

似乎有一種叫做愛情

在醞釀或者即將沉沒

還有一種叫做理智

提醒著木棧道上的旅人

有一種愛情不屬於你

對匆忙的腳步絕不挽留

只留觀音山還在靜靜守候

仰望天邊那顆獨亮的天狼星

燈光的燦爛也奪不走

寂寞　　寂寞

觀音不理

她說

我睡了

明日清晨我仍擁抱妳

于2021.09.19

漫舞淡水河

清晨的淡水河

陽光在緩緩的水波中跳舞

悠閒自在的腳步

彷彿忘卻塵囂

遠處船隻呼喊著行過

逐漸喚醒這靜止的歲月

騎著鐵馬的少年

痴痴地停下腳步

不知想留住陽光

還是追趕急匆匆的船隻

路邊的木椅上

啜飲著咖啡香的旅人

一口一個留戀

也許是咖啡香

也許是河上的陽光

也許是想與他們一起

共舞在淡水河

于2021.09.17

漁人碼頭落日

一抹橘紅在厚雲中

衝出生命的光彩

海風徐徐吹送愛情

在夕陽的剪影中

濃濃厚厚綿綿長長

遙望遠方的燈塔

閃著hola的訊息

三百年前曾經傳達

夕陽總是到臨的小鎮

那抹記憶已在紅毛城的磚瓦中逐漸消融

漁人碼頭的夕陽仍在依依不捨

留戀在髮梢的微風

輕輕挑動驛動的心

一盞一盞亮起的街燈

宣示落日已告別

明日期待再一次光采

于2021.10.21

鼠麴粿的回憶

有一種回憶不止是回憶

是一種一輩子用生命來註記的回憶

有一個夢不是夢過無痕

是一個一輩子都想做的夢

有一種味道不是嚐過即可

是一種一輩子都想嚐的味道

田埂高高低低

小胖腿起起落落

眼睛左左右右

那年與媽媽尋找鼠麴草的時光

在記憶中在夢中

也許就像已逝多年的媽媽

影像已逐漸模糊

心中最深藏的那塊

卻從未離開

在石牆仔內找到我的回憶

一塊淡綠色的鼠麴粿

那熟悉的味道在口中
夢圓滿了

于2021.09.19

註：媽媽做的鼠麴粿是切碎拌入糯米漿中，放入袋中以草木灰吸乾水
分，包入加糖綠豆沙餡，餡甜皮Q，還有鼠麴草的特殊味道

忠寮曉霧

下了一夜的雨
洗滌來自都市的塵埃
疲倦的身心
以忠寮的熱情治癒
寧靜的星空
伴我夢裡美好
忽然一陣鳥鳴
喧喊著黎明前的那抹堅持
終於遠方飄來的晨霧
逐漸掩蓋我那遠遊的思念
在忠寮口湖子植物園區
我曾細心栽種的那棵茶樹
是否記得我手中的溫度
再一次與你相遇在
飄渺細霧和細雨中
白鷺鷥衝破雨霧
我愛戀的忠寮

在心靈深處
永遠駐留

于2020.09.27

海與石的愛戀

在相遇的瞬間

旖旎的情愫漫延

海總以雷霆萬鈞之勢

吻遍石的身體

石總以安靜的姿態

等待著海

等待著每一次的親蜜接觸

千千萬萬年亙古不變的愛情

每天總會寫下不同的篇章

每天以不同的樣貌相見

最後

他們都忘記自己原來的樣貌

唯有愛情的詩篇

仍在持續

屬於他們唯一的浪漫

于2020.09.28

窺視

一線裂隙透露著甚麼
吸引無數人欲窺視
滿足了好奇心
有沒有問過願不願意
總是霸道地侵略
一片上帝開闢的秘境
在海浪的喧囂中展開
風輕輕吹起她的裙襬
和長髮
晃動著海浪一樣的頻率
陽光透過樹葉的縫隙
爭先恐後地灑落
在她遙望天地的臉
好像窺視了奧秘
笑容逐漸展開
她的　他的　我的
在窺視的靜謐中

于2020.10.30

漁港

當夕陽躲藏在海面下
當漁港迎來燦爛的燈光
一艘艘滿載而歸的魚船隨著
海浪一波波推送家的方向
絕塵的車尾燈
在濕漉漉的馬路畫圖
畫著的也是回家的方向
我在港邊的小坡上
畫著我的愛情友情親情
海還在拍打著呼喚
漁港的喧嘩
卻漸漸沈靜在
無夢的夜晚中

于2020.09.28

我的故鄉我的夢

曾文溪的溪水
洗著我的記憶
越來越清晰
那艘小船慢慢划出
歷史的痕跡

火車載著故鄉
甜甜的滋味
在心中擴散
隨著那煙霧飄遠

控窯內那幾條甘薯
怎麼偷偷走入
隔壁哥哥的手中
我只懷著唯一的
那個香味
靜靜種在心內

夢中我又重回故鄉
那個總是黑白的世界
母親的笑容
還是那麼美
我慢慢沈醉
不願清醒

于2019.09.08

櫻花的誘惑

當春天漫步於陽光
她嬌羞的臉龐泛紅
以婀娜的身姿
款款而來
我開啟盼望的心
逐漸倘佯在這誘惑

妳牽著我的手
走入這繽紛中
那粉紅的花瓣
映照在妳的臉龐
幻化出一朵朵
恰似櫻花的艷麗
我沈迷在妳的誘惑

櫻花林中
追尋妳的身影
櫻花飄落如蝶飛

妳忽然回眸剎那
已經是我今生
唯一的誘惑

　　　　　　于2020.02.29九族櫻花季

戀戀台灣

走過風　走過雨

走遍台灣

我的美有你的繾綣

戀戀戀戀

乍黃還紅

妳的回眸

我的心動

在秋風中

呼喚著台灣的名字

于2020.10.10國慶日

莫何斷崖嘆莫何

飛翔的海鷗　孤獨

飛翔

在波濤

在斷崖

在雲霧中

尋覓

異鄉的芬圍

家的思念

只是莫何

歇息

在峭壁

在母親的懷抱

那溫暖的窩中

藏著我無盡的思念

莫何啊！莫何

你高聳的天地

可有我思念的故鄉

于2018.07.27愛爾蘭莫何斷崖

無心

雲無心
雨無心
水無心
你有心嗎？

你說你有心
心卻不在
它雲遊四海
只是不想駐停
於是我只抓住虛無

你有心卻遠遊
逐漸我心消溶
在雲中
在雨中
在水中
再也無心

于2019.08.28

烏陰天

它就這樣鐵青著臉
沒有一絲笑容
靜靜地也沒吵鬧
完全忽視仰視的眼神
和慌亂的心
收起笑臉的向日葵
寂寞得不知所以
垂頭喪氣問小草兒
我的愛人行蹤
風輕輕撫慰
無法盪出激情
在這沒有陽光的日子

于2019.03.08

泣雨

老天爺生氣了

咆哮了一晚

也哭了一夜

無法安眠的萬物

心上那股憂傷仍在蔓延

花草垂頭喪氣

那棵老樹屈服了

靜靜地躺臥

做著無聲的抗議

街道上滾滾的黃泥水

泣訴這場不能抗拒的無奈

漸漸淹沒所剩無幾的喜悅

留下推著拋錨車的那抹蒼白

對抗不公平的這場戰役

于2019.08.25

戀上班芝花

三月
春風的腳步慢慢
春雨總馬不停蹄
淋得一身詩意
在班芝花下

樹頂那抹紅
怒放在一夜之間
清晨
那抹紅披上朝露
將宇宙塗得滿滿光采
閃爍在天際

那對情侶相依偎
靜靜等待
春風的吹拂
將班芝花的情意
寫在每一朵花瓣

在風中
在雨中
飄揚
呼喚著
春天來了

于2017.03.13

赤艷色的固執
──向日葵

純色的光彩
不願妥協
一生中的仰望
生存的意義
寫在頭頂
無視他人的誘惑

燦爛的笑容
一日又一日
只為他展開
不需天長地久
只需曾經美好

于2019.07.01

老婆和小三的距離

九百九十九玫瑰花
送給至愛久久久
鴿子蛋的戒指
送給心尖寵亮亮亮
以Chanel來包裹
華麗登場

一朵路邊不知名的花
不減她的愛
一個磨到無痕的金戒指
是她一輩子的承諾
用路邊攤的穿著
她驕傲每一場
老婆叫了一輩子
小三剎那的燦爛

于2019.08.07七夕情人節

阿公的夢中情人

搖椅上的阿公
用他最舒服的姿勢
思念他的夢中情人
口中呼出的那縷煙
是伊美麗的倩影

阿公的嘴角微微彎起
心中甜蜜的少年情懷湧現
那段和夢中情人度過的青春
生澀的甜蜜
濃度依舊

阿公緩慢搖動身軀
閉上雙眼與情人共度
誓言此生永相隨
不離不棄到白首

老伴啊！吃飯囉！
眼前那白髮蒼蒼臃腫身軀
揮散那夢中情人的倩影

阿公慢慢睜開雙眼
看到他一輩子的夢中情人
阿公嘴角笑得更彎了
心中漣漪更加迴盪

于2016.11.07

三月柚香中秋甜

三月柚花飄香
你踩著滿地的誘人
決絕在眼眸中
是宣示別離
還是期許相聚

當仲秋之夜
不肯大圓的月
只因為還有一種期盼
柚子的香傳不到遠方
未歸的人是否在返途

把一種思念
掛在星星的角上
越近仲秋越濃厚
皎潔的月亮卻將之抹去

返身走入柚樹陰影中
月光照射不到的角落
也許還能望見星星
明年柚花再飄香的三月
你是否再一次踩著誘人而來

于2021.07.23

夢裡殘花

昨夜夢裡
來世今生
不敢想從前
怎知
驟雨不憐惜
一生嬌豔
只留住記憶
在夢裡徘徊
花開花艷
總是留戀
花落
知心人何方

于2019.04.01

雨聲滴答

在已經淡薄的記憶中覺醒
童年的夢魘逐漸猖狂
仰望透光的瓦片
心中的烏雲逐漸成型
如一幅潑水墨的畫
黑黑白白再無其它色彩

天空炸裂雨狂
如細小的蛇
以陰暗刁鑽的姿勢滑入
大盆小盆叮叮咚咚
還有一地接不住的泥濘在腳底留戀
恰似那鎖住眉頭的愁思
在多年後仍縈繞
一圈一圈在盆內蕩漾

當風不再哐哐哐
當雨不再嗒嗒嗒

當陽光傾瀉
雨後總有晴天

于2021.08.03

春雨（一）

在細雨的街角

不意間看見妳的影跡

雨打在頭上的傘

擋不住撲面的濕冷

就如妳已經離去的空虛

妳曾許下的諾言

仍在耳旁迴盪

妳越來越模糊的身影

彷彿仍在眼前

曾說過不會等待太久

卻日復一日

歸期在遙遠的未來

春雨就這樣滑落

心隨著滴滴落下

在我們期待相見的街角

于 2020.01.22

春雨（二）

春天的時節來了
寒冷的空氣卻迴盪
小小角落殘存的溫暖
在春雨中逐漸冷卻
失意寫在髮梢的冰珠
凝結成愁思綿綿

當春雨仍在絮絮叨叨
陽光已迫不及待
在樹梢上跳躍
櫻花樹上的小芽苞
俏咪咪伸展著
溫暖的氣息逐漸
我心中已無雨中寒意
春雨帶來的是
生命的存在

于2021.02.09

春天的呼吸

當清晨的陽光
努力吻遍大地
信步投入露珠的擁抱
我聽見了春天的呼吸

剛剛收拾著欖仁的厚外套
轉眼她已伸出粉爪
大口呼吸著春天

望眼
紅的粉的金黃的
盡是春天呼出的氣息
回首
那棵默默吐息的桂花
竟讓我迷失了心

捧一杯香濃的咖啡
就這樣看著窗外

春天逐漸熱鬧的呼吸
心緒飄向遠方
那個思念的人

于2021.03.12

春日

我走入春天的陽光
擁抱她的溫度
在橘黃中陶醉

你走進春天的陽光
沐浴在她的暖度
在黃澄中炫爛

春天不是只有陽光
那片綠也不再寂寞
那抹紅黃白綠竟也怒放

當你唧唧復唧唧
是否情意已轉達
在春天陽光的腳步裡

一聲一聲復一聲
呼喚春天

呼喚陽光
呼喚大地
呼喚花草
呼喚蟲鳥
呼喚你
在春天的陽光裡

于2018.01.23

在秋天的雨中

那細細的
斷斷續續的雨
走入秋天
用微微的熱情
擋不住那濕意的纏綿
他說
這就是詩意

詩意　　　失憶
慢慢滲入
記憶的深處
逐漸清晰
或慢慢褪色
在失去顏色的歲月裡
即使翻攪著
是否能如彩虹般
絢爛

腳踏車的鈴聲響過
激起片片水花
記憶回到從前
一圈一圈滾過
只餘滄桑的痕跡
在秋天的細雨中
越來越鮮明

于2017.11.29

你的季節

在你的季節
我來看你
一片純潔中
我心色彩跳躍

在你的季節
我來看你
零度的凝結
在那白楊樹的枯枝中
停駐
依依不捨

在你的季節
我來看你
細細描繪你的眼你的眉
輕輕吻上你的唇
我的溫度逐漸將你融化

在你的季節
我來看你
松樹堅持的那綠
在你的擁抱中
終於與你融合
成為唯一

　　　　　　　　于2020.01.14

回憶

翻開一頁頁過去

記憶中的畫面

如海浪一波一波

翻滾在泡沫中

曾經擁有的酸甜苦辣

如昨夜的夢

鮮明卻又逐漸淡去

欲捧入手中

卻如風飄逸

只留下與你的美好

在心中逐漸擴散

淚光閃爍

只想說一聲謝謝

過去現在未來

每個美麗的時刻

于2020.05.07

不要

請你不要讓他敲開
那一扇稀疏的籬笆
我只想靜看繁花

請不要讓他踏進
那一個低矮的門檻
我只想輕啜一杯茶

請不要讓他走近
我單薄的身軀
我只想坐等月落日出

請不要讓他走進
我脆弱的心靈
我只想擁有安寧角落

也許孤單的我
只能擁抱寂寞

卻也不想
在擁有與失落中
徘徊

于2020.05.24

念

昨夜風雨漸歇
一夜未眠獨飲
醉在思念中不肯醒
幾分醉幾分癡幾分愛戀
一篇一篇情詩
句句是斷腸
郵寄無方
是否寄予
無心無愛無情的人

你說　走了
天涯海角
過去未來
別用思念捆綁
瀟灑離開
只是不敢回頭看

踩過落葉的秋天
夕陽泛著金光
遠方招搖的海浪
推波著思念
不願放手

于2020.08.28

昨日

人的一生有多少個昨日
又有多少個明日
人的一生有多少個去年
又有多少個明年
昨日想明日要如何
今日已過响午
還在想今日要如何

除夕了
送走了一個年
下個年在期待中
年夜飯剛結束
新年的鞭炮聲已響
昨日又成了記憶

髮蒼了
牙動了
渾濁的眼看透多少

還有多少昨日會逝去
還有多少今日要過
還有多少明日會來

于2021.02.11除夕夜

膜拜

以一顆虔誠的心
向您膜拜
您威猛無比
至今無敵
您橫掃八方
每個角落都有存在
總想忽視您的存在
無形的枷鎖
卻緊緊將我包覆

以一顆虔誠的心
向您膜拜
每分每秒

于2020.11.08

紫戀

戀愛的滋味
有一點甜蜜
又有一點苦澀
酸酸的湧塞心頭

沈浸在妳的浪漫中
輕輕擁妳入懷
一個吻在唇角
留戀妳在每個時刻

紫色是妳的嬌傲
也是妳的浪漫
更是妳的誘惑
只想一輩子
更想生生世世
與妳沈浸在戀愛

于2020.03.20

紫色的誘惑

以一種紫色的美
誘惑你的眼和靈魂
你以驚嘆和悸動回報
我僅以靜謐等待
訴說愛情的滋味
紫色不只傳說
曖昧旖旎
你墜落嗎？
別怕
我用紫色來擁抱
你沈溺嗎？
別怕
我用紫色來拯救
誘惑和愛情
我們一起墜落沈溺吧！
在紫色的浪漫中

于2019.09.25

萬里徘徊

飛越萬里
只為了與你一次的纏綿
翅膀乏了
只想躺臥在你的懷中
心累了
只有你的呢喃可安慰

與你漫步在關渡的紅樹林
彈塗魚蹦跳著舞步
招潮蟹羞怯探頭
那隻小蒼鷺無視地走過

走過欒樹落英繽紛
踏在落葉層層的木棧道
我們愛情的溫度逐漸
這萬里的愛
只因你一次的徘徊

于2019.09.26

斷線的風箏

飄揚　看大千世界
花花綠綠
心仍緊緊相連
寄望所在

線斷　飄揚
落腳何處
徬徨

一線之間
踏出萬千世界
卻不知歸途何方
堅持一種方向
卻在無限的圓內
徘徊

遊子的心像斷線的風箏
飄揚再飄揚

花花世界
找不到歸屬
是伊選擇還是無奈？

斷線的風箏啊！
這雙溫暖的雙手
是否可以讓你再續情緣？

于2018.01.19

落葉

因為風的召喚
於是
它離家出走
離開母親的懷抱
溫暖滋潤的所在
隨處漂遊
找尋一處休息
逐漸孤寂
只有風輕輕撫慰
那漸漸沈靜的身軀
夢見母親再一次的擁抱

于2019.03.08

海市蜃樓

有一種美麗在擴散

那是幻影

我不想被騙

卻逐漸相信

仿佛在眼前的真實

感動的情懷浮現

淚水在眼中飛舞

感恩的言語

竟然是沉默

努力想擁有

努力到用盡我的生命力量

當生命的涓流

慢慢地　　慢慢地

流逝

直在最後一刻

我只記住你那燦爛的笑容

在空中漸漸散去
如雲霧般

于2017.06.19

氣味

班芝花展現三月熱情的氣味
阿勃勒展現四月嬌柔的氣味
茉莉展現五月冰清的氣味
鳳凰花展現六月艷麗的氣味
在這個炎熱的七月氣味是甚麼？

有的人散發的氣味是快樂
有的人散發的氣味是悲傷
那位年輕辣妹的氣味是美麗
那位帥哥的氣味是自信
那這位老人家
你為何有著五味雜陳的氣味？
是生活的困苦造成的嗎？
是情感的無依造成的嗎？
是別人影響的嗎？
還是自己做的繭？

我的氣味又如何？
甜如蜂蜜嗎？
有如苦瓜嗎？
還是像那顆朝天椒？
這些非我願
只願一杯清涼的水

于2017.06.06

註：六月六日斷腸時，腸未斷，心已碎

風生

風不是只有輕輕
雨不是只是細細
樹根不是總會下紮
人生不是總是順順

伴著風雨而來的
是你嗎？
披著陽光的你
笑容是快樂嗎？

風起了！
浪不再緩緩
雨來了！
土地不再靜默
孤寂的人
是否在一次躍動？
或是只是靜默？

于2017.05.22

雨在風中

雨在風中款款而來
風將她輕輕攬住
她輕搖著裙襬
絲毫不保留
她的魅力
放肆地展現她的撫媚
倩笑看著那群
驚慌的人們
瞬間掩蓋自己的姿容
不敢正視她的不可抗拒

于2017.06.05

胖子大笑瘦子哭

北風捎來的訊息
寒流和冷氣團遠遊
北極熊悄悄來訪
南太平洋波濤靜默
浮冰上企鵝築巢
來自兩極的相遇
在赤道的機緣中

西伯利亞有了春天
鳥兒不再南飛
故鄉的味道
卻越來越遙遠
草原奔馳的人們
行蹤飄渺

2017年夏天自由女神披上長袍禦寒
火把的燦爛不再
灰色的天空

是這片冰凍唯一的顏色
找不到歸路的徬徨
在空氣中擴散
越來越濃烈
生命的氧氣
卻越來越稀薄
於是
乘著太空船的人遠離

于2017.07.17

註：地球逐漸暖化的浩劫摧毀我們存在的空間，南北極的冰層逐漸融
　　化，冰風暴卻又襲擊許多區域，我們不能不正視這問題的存在，
　　2017年七月拜訪過蒙古，看到大片枯黃草原更有感

春天的芒花

是怎樣的機緣
它在春天綻放
青春的性命
是堅強
帶有一絲迷惘
滿地的青翠
和紅紅的嬌豔
一點的白
有一種徬徨

是春天的呼喚
還是冬風的催促
夏雨尚未灌溉
它卻在春天甦醒
孤單在這個陌生的世界
獨行

于2017.10.09

註：芒花依季節應於秋天開花

含笑詩叢19　PG2734

啟程
——戴錦綢詩集

作　　　者	戴錦綢
責任編輯	楊岱晴
圖文排版	黃莉珊
封面設計	蔡瑋筠

出版策劃	釀出版
製作發行	秀威資訊科技股份有限公司
	114 台北市內湖區瑞光路76巷65號1樓
	電話：+886-2-2796-3638　傳真：+886-2-2796-1377
	服務信箱：service@showwe.com.tw
	http://www.showwe.com.tw
郵政劃撥	19563868　戶名：秀威資訊科技股份有限公司
展售門市	國家書店【松江門市】
	104 台北市中山區松江路209號1樓
	電話：+886-2-2518-0207　傳真：+886-2-2518-0778
網路訂購	秀威網路書店：https://store.showwe.tw
	國家網路書店：https://www.govbooks.com.tw
法律顧問	毛國樑　律師
總經銷	聯合發行股份有限公司
	231新北市新店區寶橋路235巷6弄6號4F
	電話：+886-2-2917-8022　傳真：+886-2-2915-6275

出版日期	2022年4月　BOD一版
定　　價	220元

讀者回函卡

國家圖書館出版品預行編目

啟程:戴錦綢詩集/戴錦綢著. -- 一版. -- 臺
北市:釀出版, 2022.04
　面;　　公分
　BOD版
　ISBN 978-986-445-643-7(平裝)

863.51   111003556